D1487417

THE AMAZING WATERCOLOR FISH
EL ASOMBROSO PEZ ACUARELA

WRITTEN AND ILLUSTRATED BY / ESCRITO E ILUSTRADO POR CAROLYN DEE FLORES

Spanish translation by / Traducción al español de CARMEN TAFOLLA

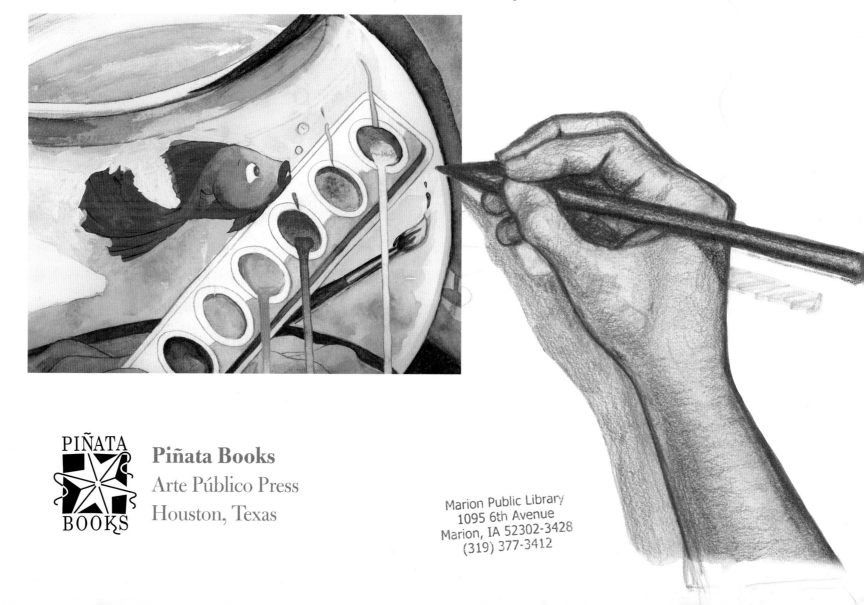

Piñata Books
Arte Público Press
Houston, Texas

Piñata Books are full of surprises!
¡Piñata Books están llenos de sorpresas!

Piñata Books
An Imprint of Arte Público Press
University of Houston
4902 Gulf Fwy, Bldg 19, Rm 100
Houston, Texas 77204-2004

Publication of *The Amazing Watercolor Fish* is funded in part by grants from the City of Houston through the Houston Arts Alliance and The Clayton Fund Inc. We are grateful for their support.

Esta edición de El asombroso pez acuarela *ha sido subvencionada en parte por la ciudad de Houston a través del Houston Arts Alliance y el Clayton Fund Inc. Les agradecemos su apoyo.*

Cataloging-in-Publication (CIP) Data is available.
Los datos de catalogación de la Biblioteca del Congreso están disponibles.

Cover design by / Diseño de la portada por Carolyn Dee Flores
The paper used in this publication meets the requirements
of the American National Standard for Permanence of Paper for Printed Library Materials Z39.48-1984.
Printed in Hong Kong in March 2018–September 2018 by
Book Art Inc. / Paramount Printing Company Limited
18 19 20 21 22   7 6 5 4 3 2 1

For my mother,
Lupe Ruiz-Flores,
who instilled in me a love of books!

Para mi madre, Lupe Ruiz-Flores ¡quien infundió
en mí el amor por los libros!
- CDF

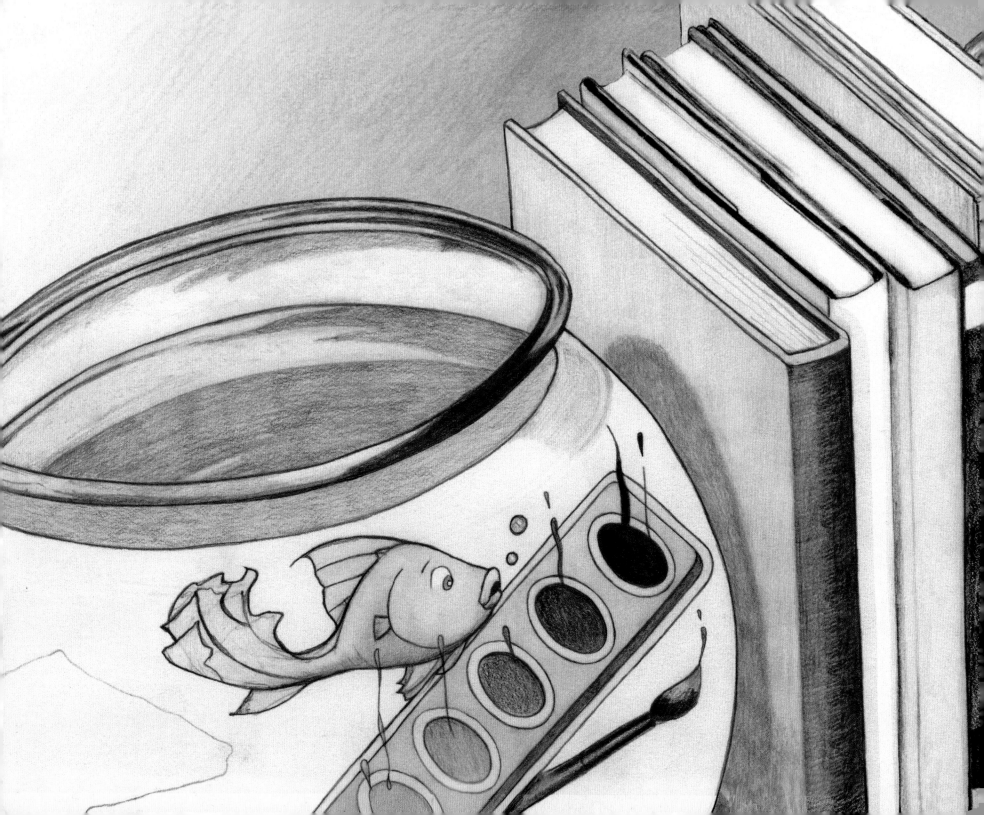

I wish I could see over there,
behind the wall, behind the chair.
I wish I knew what life held there,
if it is great, if it is bare.

Con toda el alma,
ay, suspiro por ver
más allá de la silla,
más allá de la pared.
Quisiera yo la vida
de más allá conocer—
si es sencilla como una mosca
o inmensa como el amanecer.

Oh, maybe there's a giant tree...

Quizás allá exista un árbol grandioso,

a wooly goat, a purple sea.

un mar morado, un chivo lanoso.

Or maybe…

someone just like me,

behind the wall

that I can't see!

O quizás…

hay alguien

que se parezca a mí,

detrás de la pared,

que no veo desde aquí.

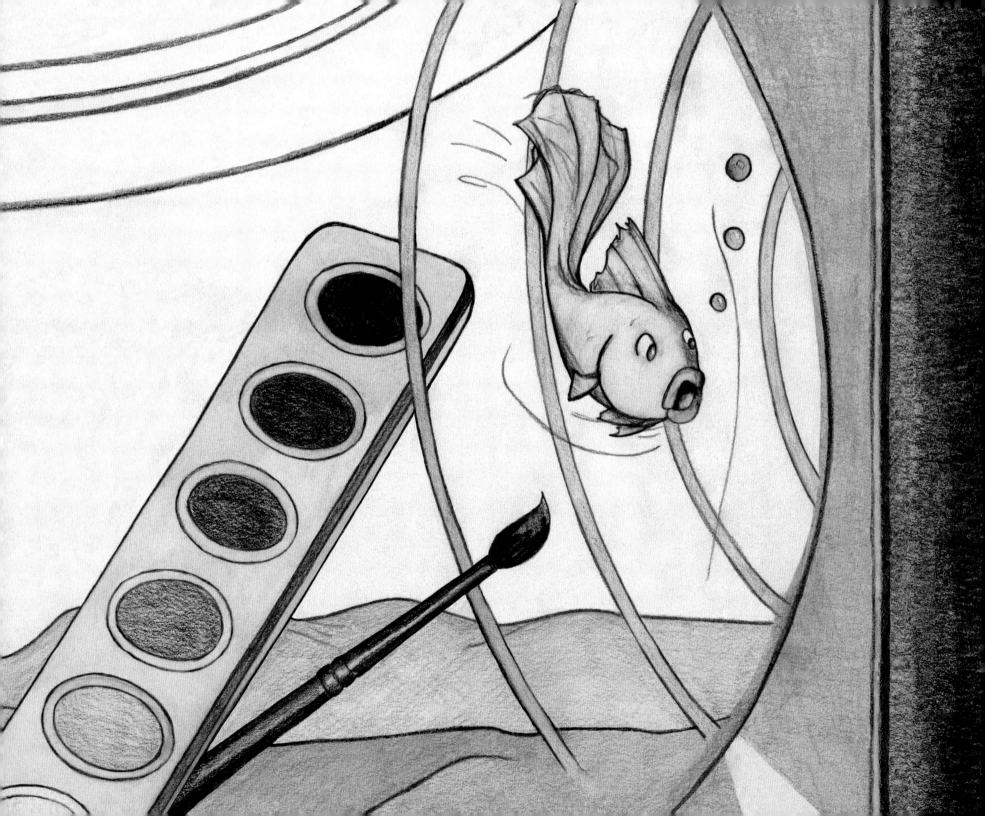

And so, I lean up very close

and listen with my ears the most,

when suddenly to my surprise ...

I think I hear

Por eso me acerco

y mis oídos bien los abro

cuando de repente oigo...

some fish-like cries!

¡unos gritos de pescado!

And as I listen to Mike's plea

a great idea just comes to me!

I'll show Mike what I **cannot** see

I'll show Mike what I think **could** be!

Y mientras escucho a Miguel rogar,

se me ocurre una idea ¡a todo dar!

Le pintaré lo que NO puedo ver.

¡Pintaré lo que DEBE ser!

I'll paint a picture of the world
with lots of trees
and rainbows swirled,
of planets, castles, fantasy,

Le pintaré un mundo repleto
de muchos árboles ¡y nada de concreto!
de arco iris, estrellas, palomas, castillos,
porque al fin del cuento...

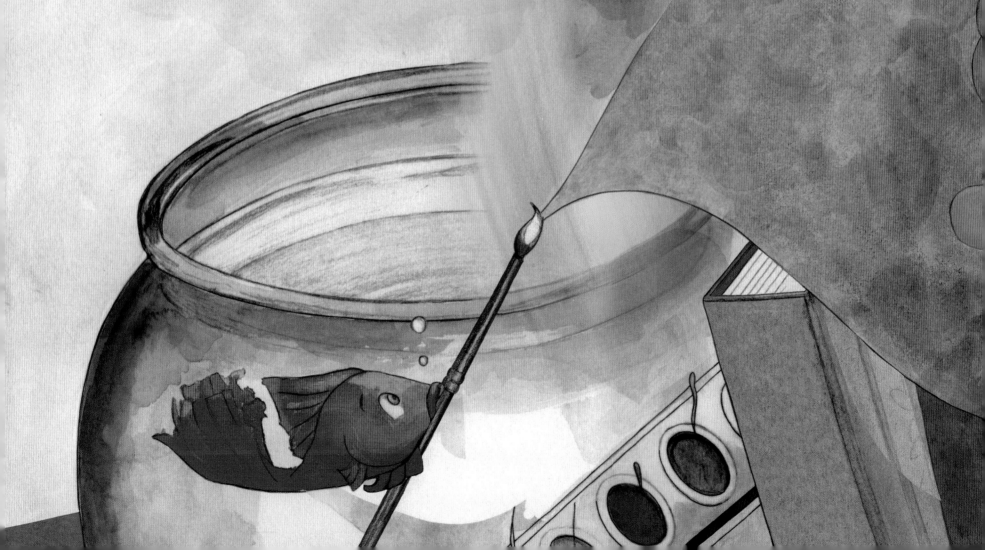

'cause after all... Mike's just like me!
¡Miguel es como yo!

And every day Mike asks for more
and so... I let my paintbrush soar!

Cada día, Miguel quiere conocer mucho más
¡mi pincel de gozo saldrá al compás!

There are birds that swim...

Hay pájaros que nadan

and ships with wings,

y barcos con alas

and books that do
ALL SORTS OF THINGS!

¡Y libros que hacen todo TIPO de cosas!

And every day Mike shows me too...

    his stars,

      his hills,

        his oceans blue.

Y un día Miguel me enseña más

estrellas, colinas y el inmenso mar.

And every day Mike shows me more...

than just the water and the door.

Y todos los días me enseña más y más

hasta que la puerta abierta está.

’Cause when the day is finally through
I know much more than what I knew.

Y al final del día, he aprendido mucho—
sé mucho más por lo que lucho.

It’s everything that I could wish…

Se cumplen todos mis sueños
grandes y chiquitos,

The world is more than just two fish!

¡El mundo es mucho más grande que sólo dos pecesitos!

(L-R) Dr. Carmen Tafolla, Carolyn Dee Flores

A Note from Carolyn Dee Flores / *Una nota de Carolyn Dee Flores*

Years ago, I envisioned a story of two fish discovering each other over a wall of books using watercolor paint. I wanted the picture book to start off in black and white and progress to full color as the fish become friends. Then, Arte Público Press came up with a great idea! Why not make *The Amazing Watercolor Fish* a picture book that rhymed, not only in English, but also, in Spanish? Magically, Dr. Carmen Tafolla, former San Antonio Poet Laureate and State Poet Laureate of Texas, agreed to do the Spanish rhyming translation! And the fish had fun, too! Ashley (the red fish) and Mikey (the green fish) wave *hello* from their very first appearance in a book. We wish you the very best in reading with us!

Hace unos años imaginé la idea de pintar una historia con acuarelas en donde dos peces se descubren el uno al otro sobre una muralla de libros. Quise que el libro empezara en blanco y negro y que eventualmente incorporara todos los colores cuando los peces se hicieran amigos. Luego, ¡Arte Público Press tuvo una excelente idea! ¿Por qué no hacer que El asombroso pez acuarela no sólo fuese una publicación rimada en inglés sino también en español? Como acto de magia, la dra. Carmen Tafolla, ex Poeta Laureada de San Antonio y Poeta Laureada del Estado de Texas ¡aceptó hacer la traducción al español! Y ¡los peces también se divirtieron! Ashley (el pez rojo) y Miguel (el pez verde) te saludan con su primer debut en un libro. ¡Deseamos que disfruten mucho de la lectura con nosotros!